W0224000

Michael Fuchs

RAUSCH

HARDER STAR

1. Auflage, 2021
© Alle Rechte und Verwertungsrechte sind vorbehalten, liegen ausschließlich beim Verlag. Verfilmung, Reproduktion, Speicherung, Wiedergabe auf elektronischen, fotomechanischen oder ähnlichen Wegen, inklusive Internet-auch auszugsweise- nur mit Genehmigung des Verlages.

Harderstar Verlag
Zuiderzee op Zuid 37
8256SP Biddinghuizen
Niederlande
info@harderstar.com
harderstar.com

Cover- und Buchgestaltung:
Michelle Winter
fräuleinnosi – kommunikationsdesign

Illustrationen: Anne Reiß

Druck: Druck.pl

ISBN: 9789083158457

Mit Zeichnungen von Anne Reiß

Michael Fuchs, geboren 1964 in Castrop Rauxel, im Herzen des Ruhrgebietes, begann schon in der Teenagerzeit Gedichte zu schreiben. In den folgenden Jahren lebte er in Trier.
Inspiriert, insbesondere durch Jim Morrison, zog es ihn auch immer wieder nach Paris, Heimat von großen Dichtern unserer heutigen Zeit.

Dort entstanden einige seiner Werke, die auch in diesem Band zu lesen sind.
Michael möchte mit seinen Gedanken, Gedichten und Aphorismen all denen, die erzählende Dichtung mögen und denjenigen, denen diese Kunstform bisher fremd war, näherbringen, um in diesen Zeiten ein wenig Kultur, Inspiration und Freude in die Welt zu tragen.

DU WARST
MEIN RAUSCH

RAUSCH

Ich sog dich ein
du warst mein Rausch
an stillen Tagen lud ich dich ein
in meinem Kopf zu sein...

ABTRETEN...

Wenn ich gehe wird alles anders sein

Wünsche und Träume nehme ich mit

keine Tränen, kein Schmerz

Ein Kapitel das endet und seinen Anfang nicht mehr findet...

Keine Sonne wird mir mehr scheinen

Kein Mond wird mich je wieder verführen ...

Das Meer, das ich so liebe, wird meine Erinnerungen an die Klippen spülen

Jeder Stern steht für einen Freund, alle werden bei mir sein und scheinen...

Am Ende jedoch, ist man ganz alleine

Denk nach, wenn deine Zeit kommt...

DER LETZTE WEG

Auf einer namenlosen Straße immer der Sonne entgegen
verlasse ich die Vergangenheit
ein paar Schritte Gegenwart
keine Zukunft
das Ende verfolgt mich und breitet seine schwarzen Flügel
über mich
schreite vom Sein ins Nichts
was bleibt ist ein Name

DIE VERMÄHLUNG VON LIEBE UND TOD

Während der Vermählung von Liebe und Tod
verschmelzen die Seelen,
Schatten der Vergangenheit sterben in gleißendem Licht
die Nacht ist schwarz gekleidet und fordert ihr
Schweigen ein,
sie wird den Morgen nicht erleben,
Namen, die der Wind schon lang hat fortgetragen,
kommen als Echo zurück,
bis die Stille sich in uns vergräbt und es wird kalt

EVERYBODY NEEDS SOMEBODY

Hey wisst ihr, ihr da draußen in der realen Welt...

Wenn es jemanden gibt den ihr liebt und für den ihr alles tun würdet,

dann haltet ihn fest, drückt ihn an Euch, sagt ihm was liebes, küsst ihn!!!

Denn es gibt nichts Schöneres!!!

Verzeiht ihm seine (ihre) Fehler, denn der andere ist auch nicht ohne.

Redet miteinander!!!

Liebt euch als wäre es das letzte Mal...

EWIGE LIEBE...

Ein Pärchen allein auf einer Bank

eng umschlungen, in ihrem Blick er still ertrank

Fleischeslust, das ist lange her

Der Phallus reagiert nicht mehr

hält ihre Hand bis zum Abendrot

feuchte Wangen trocknen, ein inniger Kuss

Dankbarkeit für das was er ihr bot

gefüllt mit Liebe, ein ganzes Leben

nun ist die Zeit um zu verleben

ein letzter Blick ins Sonnenlicht

bis dann die Nacht anbricht

Namen in Stein gemeißelt

Rosen die verdorren

in ihrer Ruhe wird sie niemand stören

ALLES UM MICH HERUM

Alles um mich herum

völlige Leere

totale Schwere

alles um mich herum ...stumm

dunkle Gedanken

sich um mich ranken

alles um mich herum ...stumm

meine Sinne verloren

ich wollt ich werde neu geboren

alles um mich herum ...stumm

LEBEN...

Wir leben in der Gegenwart

erwarten die Zukunft

aber reisen immer wieder in die Vergangenheit

LETZTE REISE...

Hab gewildert im Reich der Lust
keine Vergebung
bin meines Geistes eigener Sklave
in der Galeere, dem Tod entgegen
Horizont in Flammen
Fährmann gewähr mir die letzte Reise

BLUT IN DEN STRASSEN

Die Straßen sind voll von Blut
in den Köpfen regt sich Wut

Gewalt, das Wort wird zum Gesetz
gehetzt, gejagt, verletzt

bleiche Gesichter klaffen an den Wänden
die Ihre Botschaften senden

in halb dunklem, weit dem Tag entfernt
geschehen Dinge...

sie haben nichts gelernt

DAMALS

Sehnsucht nach den alten Zeiten,

nach vergangenen Tagen

sprecht mit eurem Herzen und lasst uns füreinander da sein…

Das Böse ist schon viel zu nah…

ERLÖSUNG

In unserer Tollheit besessen vom Augenblick,
fährt die Hitze in die Glieder und schreit nach Erlösung

Blut das in den Venen pulsiert, die Lust tanzt auf dem Vulkan
bereite dich, du schamlose Göttin, im Abendrot draußen vor den Toren

Ein Erguss von heißer Lava bringt die Atmung zum Rasen bevor die
Seelen verschmelzen und die Stimmen verstummen...

APOKALYPSE

APOKALYPSE

Die Welt verblutet
Haus der Schmerzen

Menschen schreien
verlieren den Verstand

Der Krieg ist da
tötet Deine Hoffnung

die Erde ist ein Feuerball
Angst in meinem Leben

der letzte Wunsch stirbt

EIN LETZTER KUSS

In fahlem Mondlicht
Schatten in ihrem Gesicht

Blicke sich berührten
gleichsam Hass und Liebe fühlten

Momente des Schweigens
des tiefen Verneigens

die letzten Worte, ein inniger Kuss
noch aus der Ferne lauschte man einem Schuss

EINSAM...

Allein am Fenster

rauschende Tage ziehen vorbei

einsame Nächte ersticken in der Dunkelheit

Ich suche das Licht...

NAH

Ich bin in deinen Träumen,

in deinen Tränen...

lass mich doch endlich auferstehen...

SEGEL SETZEN...

Wenn nachts mich Mondlicht streichelt

zart und kalt

Träume schiffen ein und setzen Segel

dein Herz schlägt mir geballt

versteck ich mich in dir...

NACHTFLUG...

Und wenn du da bist, wird der Raum mit Liebe geflutet

deine Nähe vertreibt dunkle Schatten, und wenn du mich berührst
durchströmt Leidenschaft meinen Körper

geöffnet, dein Herz in dem ich Einlass finde,
wenn Liebe sich paart dreht die Welt sich anders...

folge mir auf den Schwingen die uns tragen, Nachtflug durch
Unendlichkeit bis zum letzten Sonnenaufgang...

SEELENSPIEGEL

In deinen Tränen spiegelt sich die Seele

mit meinen Händen träume ich auf deinem Körper

Herzen brennen, Körper verschmelzen

jede Sekunde, atme... ich bin die Luft

Spuren werden deutlich, so weit entfernt von der Sonne

Ich bin dein Saft, dein Traum...

ZWEISAMKEIT

Lass uns den Gipfel der Lust erklimmen
und in den Tälern der Leidenschaft weiden,

in den Auen der Fruchtbarkeit siedeln
und an den Hügeln des Glücks leben,

dann werden wir Frieden finden in traurigen Tagen
und niemals einsam sein, wenn die Welt zerbricht

HEY...

Hey, Grüße von der anderen Seite...

Alles zu verlieren, der Schmerz nagt an dir

traumatisch

wandere durchs finstere Tal

im Wind beugen sich Äste, Blumen verwelken bei meinem Anblick

auf den Feldern der Liebe stirbt man einen einsamen Tod

Ich glaube ich war...

Ich glaube wir waren...

DU SIEHST JEMANDEN IN MIR …

Du siehst jemanden in mir
den der Mond fasziniert
aber seines hellen Scheins nicht würdig ist
und ihn nicht beneidet
der vielen Gräueltaten deren er
jede Nacht ausgesetzt ist

Du siehst jemanden in mir
der das Leben eines Menschen verändert hat
und nun die Last trägt

Du siehst jemanden in mir
der getan hat was der Mühe lohnte

Du siehst jemanden in mir
der gesehen hat was des Sehens wert war

Du siehst jemanden in mir
der gehört hat was der Ohren wohltat

Du siehst jemanden in mir
der geliebt hat wie des Menschen würdig

Du siehst jemanden in mir
dessen Leben gelebt ist, alle Worte gesprochen wurden
und alle Sünden getilgt, bis in alle Ewigkeit

wird man sich meiner erinnern auf den Feldern der Worte
die der Wind wie Samen in alle Himmelsrichtungen verstreut,
wenn die ersten Sonnenstrahlen mein Grab befühlen
und die letzten den Schatten der Nacht rufen.

BIZARRE BILDER...

Heißer Wachs auf deiner Haut...

Dunkle Augen starren ins Leere...

Fleisch und Lust

verpackt in kaltem Leder...

Schauspiel der Begierde...

in den Wänden tobt die heiße Schlacht...

Lust bricht Regeln...

in den Tiefen des Schlundes verliert sich der Verstand...

Besessenheit...

Hörigkeit...

Der gequälte Geist gibt nach...

AUGENBLICK

In einem Moment der mich schwängert von tiefen Gefühlen...

In einem Augenblick von tief tragenden Gedanken und Wahrnehmung der Zeit...

Ist die Stunde gekommen...

Die Nacht bricht über den Tag herein...

Und alles wird still...

ALPTRAUM

Oh tobend Meer in Dir muss ich ertrinken
Vollmond, Sterne, Götter seht mich sinken

hilflos rudern, in höchster Not nach Luft gerungen
der Teufel mir das letzte Lied gesungen

Kälte lähmt, ich hör mich schreien
kein weites Schiff kann mich befreien

schon fühl ich´s Ende, nah ganz nah
weiß nicht mehr wie mir geschah

schweiß gebadet, zitternd aufgewacht
die Nacht hat mich mit einem Traum bedacht

schlag laut mein Herz ich fühle Leben
war nur der Fantasie erlegen

ANMUT

Erotisch... sinnlich... aufregend...

Das Herz beginnt zu rasen...

Worte fehlen...

Erliege dem Augenblick der Schönheit...

DAS MEER

Sommerabend, im Sog der Sterne
gebannt des Rauschens
am Fuß des Felsens wo das Meer beginnt
im Mondeslicht bricht durch die Brandung,
schäumend Wasser tanzt wie im Takt

vergessen all der Tages Müh,
entledigt sich die Qual

DER AUSTAUSCH...

Der Austausch geht recht zügig
denn sie ist willig und gefügig
unter Drogen hab ich sie gesetzt
wie ein Pferd durchs nasse Unterholz gehetzt
weiche Körper sich berühren
und doch nichts wirklich spüren
Die Seele ist schon längst verkauft,
alles leer, total verbraucht
sie denkt ich lieb sie sehr
werde sie töten nach dem Verkehr
gebettet unter Rosen
hinterm Haus im Garten
muss ein neues Abenteuer starten...

DU BIST DA

Manchmal höre ich mich mit dir reden

dann bist du da...

ich glaube dich zu fühlen,

obwohl du schon längst auf die andere Seite durchgebrochen bist...

ERINNERUNG

Gedenkt Ihr der Toten

Schweigen

Stille

Schließt eure Augen, die Reise beginnt
Gefühle in seidenen Tüchern
behütet von den Wächtern der Emotionen
überwindet den Graben der lodernden Angst
und betretet den Palast der Erinnerung
geflutet mit Träumen und schon fast vergessenen Gesichtern
erinnert euch an die Bilder aus der alten Galerie
und befreit euch von euren Ängsten und Zwängen
in denen ihr lebt und fühlt

GEDENKT IH

DER TOTEN

SCHWEIGEN

STILLE

DRACHEN FLIEGEN

Lassen wir doch einfach wieder

Drachen fliegen...

und mit ihnen, alles was uns tötet...

AUFERSTEHUNG

Immer wieder schmerzt diese Zeit...

Wo ist die Hoffnung die uns am Leben hält...

Wo ist der Nährboden für die Saat unserer Liebe...

Den eigenen Dämonen nach, wer kann uns befreien

Sonne die keine Wärme mehr spendet...

Rosen die ihre Farbe verlieren, in der Hoffnung neues Leben entsteht...

Das Meer, in dem ich ertrinke, ist aus deinen Tränen...

Lass mich wieder auferstehen...

DAS GESPRÄCH

Hey du, ich kenne dich

bist schon mal da gewesen oder auch nicht

Erzählt hast du von Erlösung und Liebe, von Frieden und Glaube

Von wegen den ersten Stein werfen und so...

Was ist mit Liebe?

Hass... Intoleranz... Gleichgültigkeit... Respektlosigkeit... regieren die Welt.

Sag mir, wo führt das hin?

Ist es nicht das einzig Wahre, von dem du gesprochen hast?

Du bist fort, wo auch immer...

Deine Worte leben...

Schmerz und Traurigkeit wolltest Du von uns nehmen.

Oft ist es schwer zu glauben...

Hoffnung?

Das sagst Du gut, wo ist sie?

Wie entsteht sie?

Oft zweifle ich, getränkt von Unverständnis und Traurigkeit.

Dann suche ich dich, aber wo bist du?

Verstecken gilt nicht...

Vielleicht solltest du einfach wieder da sein...

HOFFNUNG

Gefühle in schimmerndem Glanz,
verborgen am Horizont,

vergraben in fruchtlosem Boden,

keine Auferstehung in Sicht...
verwelkt ist der Glaube,
noch erfährt die Hoffnung keine Wiedergeburt...

FERNWEH

Stilles Wasser...

weiche Wellen...

gehisst sind die Flaggen der Schwermut

Boote liegen tot im Hafen

Lichter die sich in der Nacht erheben

Fernweh macht sich breit und der mit kalten Juwelen bestückte Mond

verlangt nach seiner Bewunderung

Das Meer wird sich erheben, flutet böse Träume

Stimmen werden sich beugen von der Last der schweren Worte

Die Auferstehung beginnt...

DURCH DIE NACHT

Wenn die Dunkelheit über mich herfällt,

die Stimmen der Nacht mich besänftigen,

die Lider sich schließen, weil schwer vor Sehnsucht,

trage ich dich in Gedanken durch die Nacht...

ENDE DES LICHTS

Und als der Tag die Nacht entjungferte
gebaren die Sterne und der Mond schlüpfte
entzückt vom Licht der Finsternis
nahm er das Feuer von der Kerze

EINSAME MOMENTE…

Ein leerer kalter Blick der im Nichts verschwindet

in den Hinterhöfen stirbt die Lust

Hast Du je gelebt?

Verwirrter Geist

rein im Herzen

unschuldig bis in den Tod

einsame Momente, die wie Sternschnuppen in der Dunkelheit verglühen

ENTSORGT...

Hab dich entsorgt

aus dem Herzen dich gerissen

aus meinem Kopf verbannt

dein Geruch neutralisiert

im Rahmen dich zerschmettert

in Träumen dich verboten

aus dem Leben dich genommen

und dann schneid ich dich in Stücke...

ENTDECKUNG

Lass uns was entdecken, etwas das wir noch nicht kennen, ein Spiel
das dich und mich verführt

ganz zart und doch mit Kraft, ist jeder Leibesstoß mit Fleischeslust
bedacht

Gewähr mir Einlass tief in deine Höhle, der Fantasie geprägt
ohne Worte hab ich dich erlegt

VERSUCHUNG

Der Raum ist mit Wärme geflutet...

Kerzenlicht wirft unsere Schatten an die Wand...

Leise Musik ertönt aus den Lautsprechern und scheint den Boden vibrieren zu lassen, wir bewegen uns leicht zu den Klängen...

Stille ist um uns herum geboren... Dein Atem streift mich... Dein Körper bebt...

Ich versinke in deinen Augen... Wärme ummantelt uns... Die Nacht scheint geschwängert von Dingen die darauf warten geboren zu werden...

MANCHMAL...

Manchmal sind die Farben farblos...

Manchmal sind Gedanken tödlich...

Manchmal ist manchmal zu viel...

Manchmal bin ich traurig...

Manchmal hat das Foto kein Gesicht...

Manchmal hat die Stimme keinen Klang...

Manchmal scheint die Sonne, doch es ist nicht hell...

Manchmal stirbt die Nacht bevor der Tag erwacht...

Manchmal möchte ich schreien, doch der Ton versagt...

Manchmal bin ich schwach, dann such ich Schutz...

Immer will ich bei dir sein, in deinem Herzen...

Dann ist manchmal eben nur manchmal...

FLUCHT AUS DEM TRAUM

Die Nacht verrinnt
der Tag beginnt

die Sonne flutet Licht
in mein blasses Gesicht

die Flucht aus dem Traum
hin durch Zeit und Raum

aus dem unterweltlichen Meer empor
stoß ich gen Himmel vor

ERREGT

Sich windende Körper, der Raum ist geflutet mit Lust...

Gedanken verwandeln sich in Realität...

Gefühle streicheln...

Bebende Körper...

Berührung versetzt uns in Aufruhr...

Ergossen wie heiße Lava... Über uns kommt die Geilheit...

Erlösung ist nahe...

TRIER

Ich fühlte das Böse

Ich fühlte das Gute

Den Wahnsinn in seiner reinsten Form

Hass... Liebe... The thin line...

Ich sah mein Leben wie in einem Film

sich windende Gedanken in Schmerz getränkt

tödliche Blicke, gestorben in weißen Laken

gezeichnet, Narben, tiefe Schnitte

verschminkt...

Ich sah Tränen die gefroren

erstarrt...

dann sind wir gegangen

Das Ende einer Reise

Gedenken...

Gedanken bei denen, die jetzt Kraft brauchen

In Memory 01.12.2020

Trier

ZU HAUSE

Vernarbte Zeit,

ich war ein anderer

damals ...

in anderem Gewand,

vergeben...

alles...

bin jetzt angekommen

Im Taumel der Zeit bin ich gefallen ...

IMMER WIEDER ...

Immer wieder ...

wird es Menschen geben, die für andere sterben

Immer wieder ...

wird es trauernde Familien geben

Immer wieder ...

wird es Gedenktafeln geben

REIHEI

FREIHEIT

Den Horizont vor Augen...

Freiheit im Gepäck...

An der Brust des Lebens saugen...

Bis ich dran verreck...

DU

Wo wirst Du sein,
wenn der Sommer endet und unsere Träume sich der Wahrheit stellen

Wie werden die Tage sein,
ohne Dein Lachen welches den Tag erhellte und die Welt zu verändern schien

Wie wird es sein,
in einem Raum zu erwachen der vor Einsamkeit schreit

Worüber werde ich lachen,
wenn die Freude längst vergessener Zeit dahingegangen

Wie weit werde ich kommen,
wenn nur mein Schatten mich begleitet und der Wind die Segel nicht mehr strafft

Ich werde nach Dir rufen,
wenn sich der Mond zum letzten Mal füllt

FRÜHLING

Die ersten Strahlen mich berühren
Gedanken sich verlieren

Licht ersetzt die Dunkelheit
Wärme macht sich breit

Lust kennt keine Grenzen mehr
zu lieben ist nicht schwer

Träume werden dich erregen
denk daran du bist am Leben

FEAST OF FRIENDS

Bereit für das Neue?

A feast of friends

lange her als wir uns sahen,

die Zeit bleibt nicht stehen...

Was tun wir hier?

Über alte Zeiten reden?

Ich bin ein Führer durch das Chaos,

komme irgendwann zurück und warte auf Vergebung

Die Ewigkeit ruft nach mir...

Erst wenn die Dämonen besiegt sind kehrt Frieden ein...

Du weißt wovon ich spreche, hörst du mir zu?

Worte gestreut über nährbarem Boden

warten auf die Ernte...

GEFANGEN

sieh tief in meine Seele
was Du findest ist ein Loch

Angst und Schmerz
Chaos in meinem Kopf

Wilde Kreaturen in Träumen
ich weiß nicht was es bedeutet

mein eigener Gefangener
bitte verlasst mich

zurück zum Paradies
warten auf den Sonnenaufgang

IN DEINEM
UNST BEWE
ICH MICH.

DUFT

In deinem Dunst beweg ich mich,
dein Duft ist toxisch und alles was mir bleibt, wenn du den Raum
verlässt...

GLANZ DES SOMMERS

Verlassen hat uns der Glanz des Sommers
verblasst sind seine Farben, die uns zum Träumen bewogen

Erinnerungen ziehen vorbei wie ein Sommergewitter dessen warmen
Regen ich noch heute fühle,

leblose Schatten die uns noch selten begleiten
wo bist Du?

Der, der uns jetzt Trost spenden sollte,
verloren in einer Gleichgültigkeit,
wiedergefunden in einer gerechten Seele
fühl mich der Zeit nicht würdig,
reich mir die Hand, führ mich, schenk mir ein Lächeln das mich berührt,
mich wärmt,
bevor der Herbstwind stürmisch ins Land fällt

LIEBESGEDICHT

Du bist für mich der Mond und die Sterne...

Die Sonne die für mich scheint...

Die Luft die ich zum Atmen brauche...

Die Nacht die ich zur Ruhe brauche...

Der Tag der mich aufs Neue auf dich freuen lässt...

Du bist bei mir wo immer ich auch bin...

Lass niemals die Sonne für mich untergehen...

LIEBESLIED

Das Wasser rauscht,
die Bäume flüstern leise

das Lied von Liebe
und schickt es auf die Reise

so lieblich es auch klingt
dem einen Glück es bringt

gibt er zurück was er bekommen
wird auch der andere sich in Liebe sonnen

GETRÄUMT…

Aus deinen Träumen bin ich entsprungen,

deine Tränen haben mich zum Leben erweckt

dein Schmerz hat mich geboren, und deine Einsamkeit ließ mich zu dir finden…

GEFÜHL

Es ist so schwer Schmerz zu fühlen, aber noch viel schwerer ist es nichts zu fühlen...

GESTRANDET

Auf Wolken tanzen, Leichtigkeit des Seins
Gefühle im Herzen tragen mich durch die Nacht
farblos sind die leeren Tage
im Fluss der Hoffnung lass ich mich treiben
gestrandet am Ufer von Sehnsucht und Liebe...
Der Wind ruft deinen Namen...

ERNEUERUNG

In neuem Gewand wirst du mich finden,
mit deiner Liebe die mich kleidet...
Milch wird fließen, am Honig uns erlaben
die Dunkelheit stirbt durch das Licht
bricht Bahnen, zeigt den Weg
erstrahlt in neuem Glanze

Worte fehlen nicht, geboren im Raum der Zeit

Während alte Tage sterben

HERBSTWIND

Die Blätter fallen still und leise,
getragen durch den Wind,
auf eine ganz besondere Weise,
richtungslos und blind

Melancholie in tausend Farben
Träume die auf Laub gebettet
Einsamkeit lässt Narben
ein Geheimnis vor dem Nichts gerettet

Der Himmel wie von Wolken verziert,
es blinzelt ein wenig die Sonne
die Macht des Windes regiert,
geglättet die Wogen der Wonne

IRGENDWANN / IRGENDWO

schließt sich immer ein Kreis...

PARIS

alles vergänglich...

so lange her... der Fluss fließt noch immer, golden im Herbst,

die Sonne steht tief

die Feste sind vorbei, wo sind meine Freunde...

Einsamkeit hat mich in ihrem Griff,

mein Leben... wie ein Film

noch ein paar Stunden...

vielleicht...

den Blick gerichtet, ein letztes Mal

oh wie lieb ich dich...du Stadt der tausend Lichter,

du Stadt der toten Dichter...

in deinen Schoß lass ich mich fallen

IF...

Wenn die Straße keinen Namen mehr hat...

Wenn der Teufel sein Spiel mit dir trieb

Wenn das Feuer dich verbrennt, statt zu wärmen...

Wenn deine Seele gefriert und du nach Erlösung suchst...

Wenn du um Gnade winselst und darauf hoffst das der Schmerz dich nicht zerreißt...

Wenn ein Teil von dir stirbt und der Rest um sein Überleben kämpft...

Wenn die Traurigkeit dich wieder kleidet und die Kälte dich erstarren lässt...

Wenn in der Nacht die Dämonen dich jagen...

Dann lass los und lauf...

Irgendjemand wartet immer...

HOFFNUNG STIRBT

Wenn die Hoffnung stirbt

werden wir einsam sein,

wenn der Glaube an etwas verloren geht

verlieren wir den Glauben an uns

HERZ

Hab dich im Herzen, dich warm eingepackt

leg dich wohl

du fließt durch mich hindurch

HALT MICH

Dann, wenn du mal wieder ganz alleine bist

ein anderes Bild

darauf wartest dass eine Hand dich hält

eine sanfte Stimme dich führt

ist das Tor zum Himmel ganz nah

ich träume in anderen Farben

dann verblasst die Ewigkeit

Engel bekleide mich mit deinen Flügeln

vergessen will ich, unter deinem Schutz will ich auferstehen mit welcher

Feder ist das Leben geschrieben

sehen was verborgen

gleiten durch die Tiefe der Finsternis hin zu einem Leuchten das dich

wärmt

Wenn du mit dem Wind fühlst und wenn die Nacht die Einsamkeit nimmt

Ich öffne meine Augen…

RAUER IST EI
SCHATTEN DE
UR SEITE FÄLL

LETZTER TANZ

Neues Leben

verzauberte Sinne

nimmst ein anderes

Steine sprechen

Trauer ist ein Schatten der zur Seite fällt

das Licht gelöscht

ein letzter Tanz

schwarze Rosen auf dem Gottesacker...

Stimmen gehen verloren...

Mondlicht fahl, Nebel verwischt die Spuren

Tränen trocknen spät

... weinen leise in die Nacht

LICHTBLICK

Tränen sieht man nicht im Regen...

das Herz ist schwer wie Blei und gieß es in die Trauerform

ein Lichtblick nur, die Kerze die mir scheint

IN DIR…

Durch deine Venen schleiche ich mich rein,
will an deinem Busen sein
in deinem Kopf, in deinem Herzen,
teile mit dir Freud und Schmerzen
durch den Bauch und deine Eingeweide
bis hin zu deinem Schoß aus Seide
dort will ich verharren, mich bereichern
den Geist und Körper dann erleichtern
bis fließt was fließen muss
am Ende ist es Hochgenuss

LAUE SOMMERNACHT

Laue Sommernacht vor ewigen Zeiten, lass mich treiben auf dem Fluss
der Vergangenheit
die Zeit steht still, aus der Ferne höre ich Stimmen, erinnere mich an
Gesichter die schon fast vergessen
regungslos, träumend im Licht des Mondes,
Sterne die sich wünschen einmal wie wir zu sein,
die Stille bricht
heimlich in Watte versteckte Gefühle drohen auszubrechen
im Sog der Leidenschaft verliert man den Verstand
bist Du bereit mit mir zu fliehen?

MAGISCHE MOMENTE

Der Tag schließt ab

die Nacht öffnet Ihre Pforten

der Mond zeigt sein Gesicht zwischen einem Meer aus Wolken

Sterne die wie Diamanten funkeln in einer Nacht

betörender Duft in uns,

die schon seit langem geschwängerte Leidenschaft gebärt

deine Worte dringen tief in meine Seele

und wir zollen der Nacht die Ehre die ihr gebührt

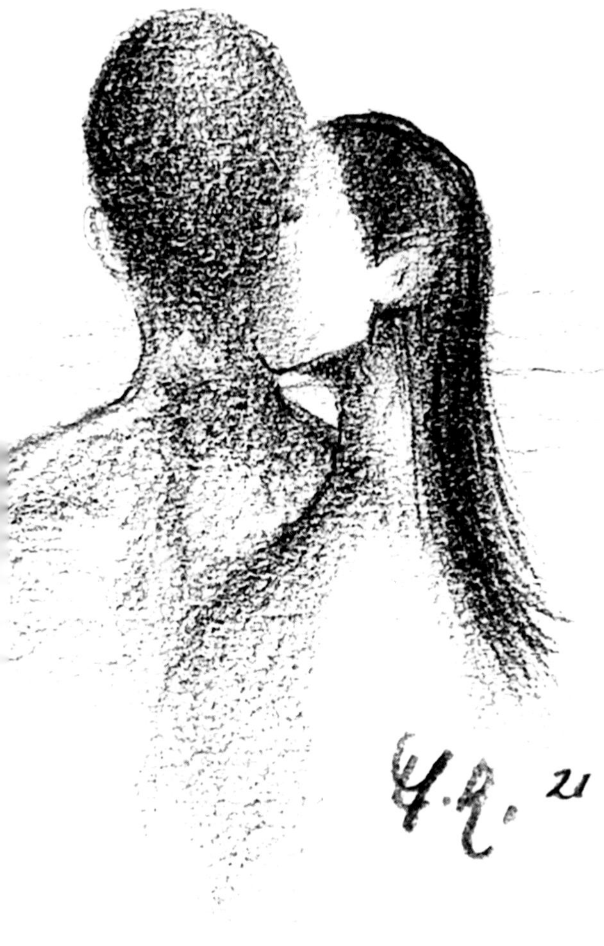

MEIN HERZ

Ich bin dein Herz,
du bist mein Herz
wenn du weinst fühle ich den Schmerz...
fühlst du mich gleich
so rein und reich
dann wird der Schmerz zu Ende sein...
nicht in Gedanken, nicht im Leben
was du erstrebst das will ich auch,
doch hüte man sich vor dem Bösen
sonst gibt es kein Vergeben.
gemeinsam durch die Zeiten reisen,
im Licht des anderen glücklich sein
von Liebesfrüchten speisen
so warm, so herzlich und so rein...

MEMORY

Träge treibt mich Faulheit vorwärts,
geblendet lieg ich dichtend im weiten Sand

Seeluft wird meine Lungen füllen
Himmelsstriche bleiben mir in Erinnerung

erfüllt und reich der Freude, Seele baumelnd, himmelsstürmend bin ich in einem fremden Land

orientalisch streift es meine Nasenwände, süßlich, aromatisch, fein
Wohlgefallen stimmt mich friedlich

fern der Heimat doch in sanften Händen, wohlbehütet, Herzlichkeit
so warm die Nacht, die Schwüle schwebend, Lust vertreibend
salzig perlend Wasser rinnt auf meiner Haut

Augenfunkeln wie der Sterne klaren Nacht
mein Herz glüht heiß, wird liebevoll geschmiedet
es fehlt an nichts, es bleibt viel hier

so hell, gleich des Tageslichts, mein Blick gerichtet der Sonne entgegen
werd ich mir die Frage stellen
warum die Welt nicht so sein kann wie dieser Ort hier

ein Stück Himmel, und die Hoffnung das wir nicht das zerstören was
uns am Leben hält

NEBEL

Wie durch Nebel sehe ich dich

nicht spüren

nicht fühlen

fast unsichtbar...verschwommen

so blass dein Antlitz

Farben in grau

Nur dein Blut glänzt rot auf dem nassen Asphalt...

NASSER ASPHALT

Nasser Asphalt

es spiegeln sich Lichter

endlos und kalt

fremde Gesichter

an Farben so reich

erlebe ich die Welt

Körper so bleich

vom Licht so gequält

Tote tanzen

Seelen schweben

brich die Lanzen

lass uns leben

NÄHE

In deiner Nähe...

mit dir träumen, nichts mehr versäumen...

dein Atem auf meinem Körper...

in Gefühle gleichsam tauchen...

wenn deine Stimme die Stille bricht...

Sehnsucht jagt durch die Venen...

ich seh den Sturm in deinen Augen...

auf den Schwingen der Leidenschaft gleiten wir durch die Nacht...

wenn ich keine Worte finde, lässt du mein Herz sprechen...

NIMM NICHT...

Nimm nicht...
dem König sein Reich

Nimm nicht...
dem Bettler sein Brot

so wird man auch dir nicht nehmen
wonach du sehnst...

NEUBEGINN

es ist Zeit für Tränen...

es ist die Zeit für Wunder...

ich hasste...

ich liebte...

Gedanken jagen durch die Zeit wenn die Einsamkeit vor Stille schreit...

aus der Hölle entspringt ein Licht...
versunkene Erinnerungen liegen wie ein Wrack auf dem Meeresboden,
tauchen auf...
so viele Tage die mich alt machen...
tausend Lügen lassen mich erkalten...

jede Kerze die für dich verbrennt...
lassen wir Worte zu Taten werden und wie Saat auf dem Acker
heranwachsen...

OHNE DICH
IST NICHTS

NICHTS

Ohne dich ist nichts,
mit dir ist auch nichts, oder weniger...
doch ganz allein entzückt mich nicht...

OHNE DICH...

Momente der Zweisamkeit mit glühendem und ungebändigtem Verlangen,
Gefühle die grenzenlos scheinen,
das Verschmelzen von Körper und Seele,
die Wärme und das Pochen deines Herzens das dem schlagen eines Flügels von einem Schmetterling gleicht,
Nähe, so intensiv und über allem erhaben

und die Zeit steht still...

Lässt mich fühlen, als könne ich nicht ohne dich leben...

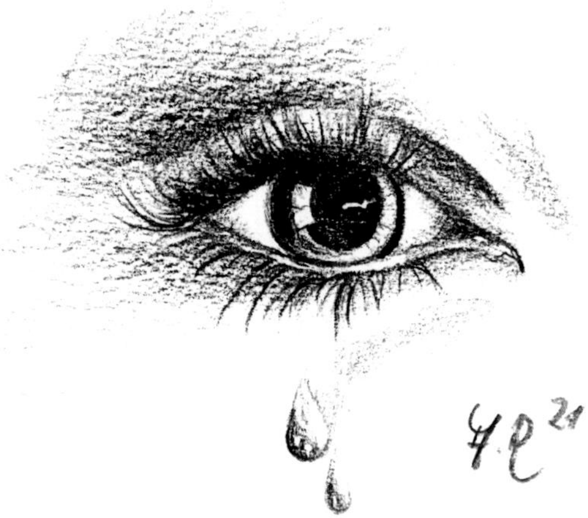

SCHATTENLOS

Ich werfe keine Schatten mehr

trete aus dem Licht...

was hat sich verändert

Farben verblassen

was ist geblieben

leere Räume...

Fotos ohne Gesichter

Einsamkeit schleicht durch die Zeit...

Ich habe dich nie gehabt und trotzdem waren wir...

Was bleibt sind nur Tränen,

doch jeder Tropfen nährt den Boden...

DIE NOT DES DICHTERS

Die Macht des Dichters liegt in seinen Worten
die er stets versucht zu horten

doch küsst ihn mal die Muse nicht
dann er sogleich daran zerbricht

es fehlen Worte, es fehlt der Reim
nichts scheint mehr existent zu sein

auf der Suche durch die Wörterwelt
der Schöpfer sich so endlos quält

keine Reime werden mehr geboren
ein toter Satz, er ist verloren

denn die Kunst den Vers zu schmieden
war alles was ihm noch geblieben

OFFENBARUNG

Manchmal ist ein Gedicht eine Offenbarung

WENN DU GEHST…

Wenn du gehst…

Wenn deine Stimme nicht mehr die Stille bricht…

Wenn in der Nacht die Hand verzweifelt sucht…

Wenn Tränen im Kissen ersticken…

Wenn in den Gängen die Traurigkeit wandelt…

Wenn Erinnerungen ertrinken und ihre Bedeutung verlieren…

Wenn der Morgen die Zeit vergräbt…

Wenn die Nacht ihre Pforten öffnet und die Dämonen Einlass finden…

Noch hält der Raum die Wärme, geflutet mit Emotionen die im Sterben liegen…

Ich atme tief…

EINSICHT...

Wenn die Pforten der Freiheit sich

wieder öffnen, wird uns noch

deutlicher das nichts unendlich ist,

unser Bewusstsein zu leben sich

verändert hat und spüren das der

Reichtum des Menschen in der Liebe liegt.

PARANOIA

Wildes Treiben im Reich der Gefühle

gnadenlose Jagd

gedämpftes Licht in hirnlosen Köpfen

Mörder im Rausch des Triebes

einsames Lachen eines gequälten Geistes

VERGISS MEIN NICHT...

Ich töte dich, ich töte dich nicht

ich liebe dein Gesicht

das Herz auf ewig bricht

so einfach und so schlicht

vergiss mein nicht

PFLANZ DEN LETZTEN BAUM

Ich verlasse diese Welt
heut Nacht wenn all die Sterne mir den Weg zeigen
von hier bis zur Ewigkeit
tief und blau ist das Meer
Steine werden leise reden
die letzte Seele wird frei sein
pflanz den letzten Baum

RAUM UND ZEIT

Verlorene Tage zwischen Raum und Zeit,
gepaart von Einsamkeit und Schmerz ist der Weg so weit zu dir,
zwischen Liebenden, der Hoffnung dieser Welt, nur klein und unbedeutend,
das Tuch des Glücks mich nicht bedeckt
verborgen sind Gedanken, längst verwischt das Bild der Schönheit
taumelnd, das Herz in meiner Hand
kredenz ich dies dir unbefangen

SCHLEIER DER JUGEND

Wenn die Zeit gereift ist
und der Schleier der Jugend längst gefallen,
werden wir von alten Zeiten reden
und in Erinnerungen schwelgen
bis der Tag sich von uns wendet

SCHMERZ

Den Schmerz noch nicht verwunden

die Angst dreht ihre Runden

voll Hoffnung und Glückseligkeit

Vergangenheit

doch wirst du Wundervolles nie erfahren

lern das Leben zu ertragen

WAHRHEIT

Aus deinem Mund so wahre Worte, fließen durch des Herzens wahren

Grund

Verstand getränkt in Hoffnung, die nach Liebe ruft

im Leben sterben, damit ich leben darf

ein Sack gepackt mit alten Träumen, versenkt im Meer der Traurigkeit...

ZAUBERTRANK

Du bist ein Zaubertrank
tief aus den Wäldern von unaussprech-
lichen Kräutern
Sie werden tanzen... deinetwegen
du bist Kraft und Magie
nichts wird mehr so sein wie es war
wenn Du gekostet hast
umgeben von Elfen und Geistern
deren Anwesenheit so zahlreich ...

bist du so lieblich und süß

ODYSSEE

Sehnsucht versetzt mich in Aufruhr, die Rebellion ist nah
stumme Schreie, die nicht enden wollen
Enge, die mich zu erdrücken scheint
fahr ein in die Tiefe der Nacht, Stille beherrscht die einsamen Räume
von den Wänden fällt leblos dein Schatten
schmerzverzerrte Körper erzählen von Ihrem Leben

Ich verlier den Tag
Ich verlier die Nacht

Hey Baby, komm zurück nach Hause
denn wenn der Mob tobt will Ich geborgen sein

Bin einem Leib entsprungen
kosmische Energie
nichtssagend und doch bedeutsam
Wesen der Evolution, der Zeit, der Geschichte, des Universums

Der Soldat, der weint

in Liebe vereint

tiefe Schluchten

Frauen befruchten

verspielte sündige Leiber

die Herde braucht einen Treiber

Leblose Körper, blasse Gesichter, gefallene Hoffnungen, verlorene Väter

im Treibsand der Gesellschaft verlieren wir den Halt

Demütigung, Vergewaltigung, Abtreibung der Meinungsfreiheit

Aufmarsch der herrschenden Mächte

Vergangenheit in der Gegenwart

hat sie eine Zukunft?

Wer der Versuchung widersteht,

widersteht dem Leben

denn Leben heißt Versuchung

Wir sterben jeden Tag,

ein kleines bisschen…

SCHREI DES SCHMETTERLINGS

Wir treiben in die Nacht, erobern unsere Träume...

Der Sonne entgegen, geflutet die Herzen mit inniger Zuneigung,
die Seele berührt von unterweltlichem Glück...

Und wenn die Welt in tiefe Stille versinkt und nicht einmal mehr den
Schrei des Schmetterlings wahrnimmt, werden wir dort sein...
An dem einen Ort, Hand in Hand durch den Garten der Ewigkeit...

SOMMERREGEN…

Langes Warten auf den Sommerregen,

warten auf die Zeit danach

tanz mit mir, komm tanz mit mir

Tropfen perlen gleich der Fleischeslust…

TIEF IM SÜDEN…

Komm doch einfach her und versteck dich…

tief im Süden meines Herzens

DAS SPIEL

Wenn du dich auf das Spiel einlässt,
wirst du immer damit rechnen müssen
zu verlieren...

TANZ MIT MIR...

Nur diesen einen Tanz...

mit dir...

Bevor die Musik verstummt

und die Stille uns wieder entzweit...

TANZ AUF DEM VULKAN...

Ein Augenblick, ein Wimpernschlag...

welch Antlitz mich erfährt

Sinne starr, der Stimme fehlen Worte...

Schönheit glänzt im Licht...

bewegend, erregend...

Tanz auf dem Vulkan...

WECK MICH

Weck mich auf, wenn alle Geschichten geschrieben sind...

Weck mich auf, wenn das Leben wieder einen Sinn macht...

Weck mich auf, wenn alle Gräber geschmückt...

Weck mich auf, wenn unsere Gedanken wieder frei sein dürfen...

Weck mich auf, wenn Herzen wieder zueinander finden...

Weck mich auf, wenn Liebe die Welt regiert...

Weck mich auf, wenn aus allen Raupen, Schmetterlinge wurden...

Denn ich möchte nicht alleine sterben...

TOR ZUR LUST...

Wenn der Tag sich willenlos ergibt und die Dunkelheit sich anschleicht,
die Lichter der Stadt erwachen, die Straßenlaternen lange Schatten herbeirufen
das Mondlicht durch die Wolken streift, während das Meer die Kraft an den Klippen auslässt
verschmelzen jene Leiber
Körper die sich winden
das Tor der Lust geöffnet
verschluckt der Wind die Stimmen und nur die Stille schreit...

TRAUER

Schmerz vergräbt sich in der Ferne
am Horizont verblasst die Sehnsucht
Gefühle in seidenen Tüchern
Gedanken sterben einsam...
Tage verblassen
In einem unterweltlichen Traum bin ich bereit mich zu stellen
während der Mantel der Realität mich kleidet...

Einsamkeit frisst mich auf...

LASS MICH…

Lass mich… der Mond sein
der dich so fasziniert

Lass mich… Dein Traum sein
der jede Nacht in dich fährt

Lass mich … die Luft sein
die du zum Leben brauchst

Lass mich… die Welt sein
die dir zu Füssen liegt

Lass mich … das Grab sein
in dem du ruhst

Lass mich … immer bei dir sein

UNGEWISS...

Und der Fischer zu Boot,

auf der Jagd nach seinem

Abendmahl

noch unwissend der Fisch der ihm ins

Netz geht

INS LICHT...

Und als ich das Licht sah, trat ich ein

als ich die Stimme hörte, folgte ich dem Ruf

jetzt sind wir soweit...

DAS ENDE

Das Ende ist bedeutungslos,

ein Name auf einem Stein,

Blumen die verwelken,

Fotos die sich im Familienalbum verstecken,

Erinnerungen in einigen Köpfen die mehr und mehr verblassen,

ein Stern wird Deinen Namen tragen,

und es wird so sein, dass man in einer mit Liebe geschwängerten Nacht

auf Dich zeigt

BLUMEN DIE
VERWELKEN

TRAUMDEUTUNG

Das Leben hat viele Gesichter
ich ersticke in einem Traum

Friedhof – Grabstein – Kreuz,
Mondlicht schleicht über Gräber und paart sich mit der Stille
Grashalme die sich dem Wind beugen,
ein Paar das den Akt der Liebe vollzieht
auf fruchtbarem Boden, und den Glanz des Glücks behütet

In den alten Wäldern wirst du finden wonach du suchst

Inmitten einer Lichtung

Steh auf du Feigling und erwarte meinen Zorn
dein Bild der Geschichte ist unser Untergang

TRÄUME STERBEN...

Wenn der Morgen erwacht
nach einer traumhaften Nacht

du dich heimlich schleichst
der Zweisamkeit weichst

werden Träume sterben
Hoffnungen zu Scherben

zurück bleibt nur was war
Gefühle und Liebe so deutlich und klar

DAS LETZTE GEFECHT

Das Morgen ist nicht weit
es bleibt kaum Zeit

erwarte die Stunden
den Sinn nie gefunden

zu früh das letzte Gefecht
es gibt keinen Sieger
die Natur nimmt sich Ihr Recht

VERLEBEN

Wenn Kälte dich durchdringt, werde ich da sein um dich zu wärmen...
deine Tränen trocknen und deinen Schmerz auf mich nehmen...
die Sonne für dich stehlen, die Sterne zum Leuchten bringen und mit dir
im Mondlicht träumen...
Deine Liebe in Watte wickeln, sie in meinem Herzen tragen und in
deinem Arm verleben...

Träge treibt mich Faulheit vorwärts...

WAHRNEHMUNG

Vergiss nicht den Sommer als wir herumhingen

und mit jedem Atemzug die Freiheit einsogen

als wir unseren Gefühlen folgten und in ihnen ertranken

verzweifelt die Hand des anderen suchend, ergriffen

stell dir vor mit den Wolken zu tanzen, der Wind treibt dich fort und

flüstert des weisen Mannes Worte

Wahrnehmung

erlaube mir die Tür zu sein, die Tür zu deiner Seele...

trete ein...

WER WIRD DICH RETTEN

Die Nacht ist kalt
und das Herz ist einsam
verloren in der Tiefe der Dunkelheit
die Seele gefriert
traurige Schatten vor uns, hinter uns...

Wer wird Dich retten?

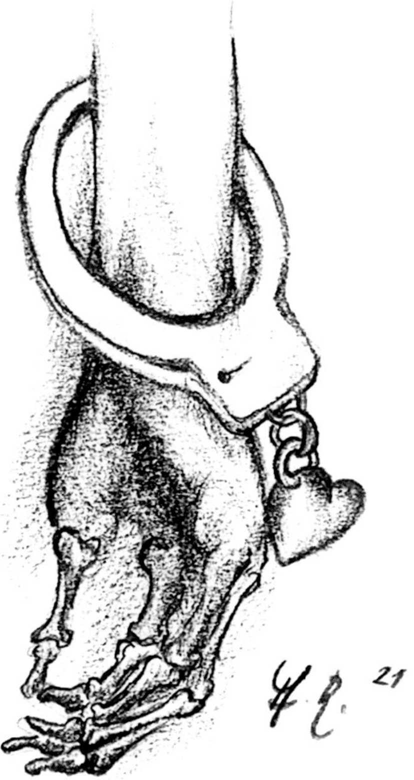

WO

Wo bist du gewesen, als mein Herz gefroren

Wo bist du gewesen, zur Zeit der tiefsten Dunkelheit

Wo bist du gewesen, als meine Seele in tiefstem Schlund

Wo bist du gewesen, seit die Zeit mich dahinrafft

Wo bist du gewesen, als das Licht fiel und im Nebel verdunstete

Wo bist du gewesen, als der Teufel mich verführte

Wo bist du gewesen, zur Zeit der Trauer, gestreut über einsame Wege

Wo bist du gewesen, da ich Hoffnung suchte im Meer der tausend Lichter

Wo bist du jetzt?

Ich male ein Bild aus Worten

DER LETZTE TAG

Bilder...

tauchen ganz verschwommen auf, deine Stimme noch im Ohr,

es wird nicht besser, und der Wind ruft deinen Namen...

Ein Glas Wein, eine Zigarette... im Radio läuft The End...

und heute ist ein guter Tag zum Sterben.

THE END.

The End.